りんごのりんご

—緋《ひ》の衣《ころも》のはなし—

りんごのりんご

——緋《ひ》の衣《ころも》のはなし——

石田としこ

もくじ

1 凜《りん》子《こ》 4
2 おりん 17
3 唐人凧《とうじんだこ》 37
4 凧《たこ》つくり 51
5 緋《ひ》もうせん 59
6 蝦夷《えぞ》へ 65
7 あたらしい家族 73
8 柿のたね 81
9 緋《ひ》の衣《ころも》 96

1　凛《りん》子《こ》

「りんご、りんご！」

「りんりん、りんごのりんごっぺ！」

「まっかなほっぺのりんごっぺ！」

子どもたちが、遠くの浜で大声でさけんでいる。

「きっと、あいつらだ…」

凛子は、つぶやいた。

おんなじクラスの男っこたち。

良介《りょうすけ》もいるのかな。

弟の良介は、一年ぼうずのくせにみんなにくっついて遊んでいる。

1　凛　子

「りんごやのりんご！」

「りんごやのりんご！　まっかなほっぺのりんごっぺ！」

きっとまっかになってる。

わたしのほっぺ、まっかになってる。

凛子は、ほてったほほを両手でおさえた。

〈りんごじゃないよ。りんこだよーっ！〉

どなりかえしたいのに、声がでない。

凛子は、国道をよこぎり、農道を走り、農園の柵《さく》の下をくぐりぬけ、一本のりんごの木の下にねころんだ。

ひんやりして、きもちがいい。

この木、おじいちゃんが大事にしている木で、おじいちゃんみたいにごつごつしていて、とても年をとっている。ちょうど、凛子がせのびしたぐらいのところで幹《みき》がわれて、中ががらんどうの洞《うろ》になっている。

それでも若い枝が、木の皮からでていて葉をしげらせ、青い小さな実をつけている。

まだ、ピンポン玉ぐらいかな。

〈ひのころも〉っていうんだって。農園には、一本しかない。あとはみんな、ちがうりんごなんだって。数えきれないぐらいのりんごの木が立っている。遠くは、ぼうっとみどりにかすんでいる。

凛子《りんこ》は、木もれ日を手のひらにうけながら、ちいさなりんごがゆれるのをみていた。

「もう、食べられるかな…」

凛子は、ほそい枝さきをつかんで下にひっぱった。

小さいりんごをひとつもいだ。

1　凜　子

がりりっと、かじった。

「きゃっ！」

しぶい。

すっぱい。

かたい。

「こらっ！」

おじいちゃんが、そばにたっていた。

「おじいちゃんの大事なりんごをつまむのは、どこの鳥じゃ？」

「あっ、ごめんなさい」

「ことしは、緋《ひ》の衣《ころも》がいくつなっているか、しっとるのか」

凜子は、首をふった。

やっと、口のなかのりんごのかすを飲みこんだ。はきだしたいけれど、そんなことをしたらおじいちゃんに怒《おこ》られる。

「どうして、このりんごに、へんな名前つけたの？　〈ひのころも〉ってさ、火みたいに赤くなるから？」

「ききたいか」

「うーん。どっちでもいい」

「そうかい。どっちでもいいかあ…」

おじいちゃんは、しばらくりんごのようすを見上げていた。

幹《みき》を、なんどもかるくたたいた。

それから、

「凛子《りんこ》、いくつになった？」

と、いった。

「十才」

「この木は、百才だ」

おじいちゃんは、また木の幹をなでた。じぶんの子どもみたいに。

「それで、なん年生だ？」

「やだな、おじいちゃん。おなじこと、なんかいもきくんだから。四年生」

「そうだったな。日新館*だったな」

「ちがうよ、余市《よいち》の日進小だよ」

「わりい、わりい。館とは、いわなかったな」

りんごコラム

日新館とは？

会津藩士の子弟の学校。お城の近くにある。

「おじいちゃんも、子どものとき日進小でした。おじいちゃんのおじいちゃんも、日進小でした」

「はははは…よく、おぼえてるな」

おじいちゃんは凛子《りんこ》の頭をなで、ひまなときに「緋《ひ》の衣《ころも》」のことを教えてやるよといって、広いりんご畑のおくへはいっていった。

「日進といっても、わしのじいさまは会津の日新館だったがな…。まあ、凛子にとっちゃあ、どっちでもいいかあ」

そんなことをつぶやきながら、おじいちゃんは、一本一本の木にはなしかけながら歩いていった。

凛子は、木の下にねころんだ。

おじいちゃんの足音が、遠のいていく。

凜子は、青い実が風にゆれているのをみていた。

「ほんとに、赤くなるの？　いつ赤くなるの？」

「わたしのほっぺみたいになる？」

凜子は、がさがさした木の幹《みき》をさわった。

両腕で幹をだいて、ほっぺをつけた。

いたい！

そのとき、子どもたちの声が、近づいてきた。

「りんご、りんご、りんりんりんご！」

「まっかなほっぺのりんごっぺ」

男っこたちが、海岸からもどってきたのだ。服をふりまわし、はだしで走ってくる。

「キャッ…、どうしよう」

凛子《りんこ》は思わず、ぴょんと木の洞《うろ》にとびこんだ。

「あれっ、このへんにいたのにな」

「いないぞ」

「良介《りょうすけ》、おまえ、しっているだろ」

「し、しらね」

良介のかすれた声がきこえてきた。

「しらねはずねえだろ。おまえ、弟だろうに」

「しらねえ」

良、教えないでよ！


この洞は、凛子と良介の遊び場だった。

ちいさいころ、なんどかりんごの木のわれめをすりぬけようとしたが、うまくいかない。

凛子《りんこ》は、いやがる良介《りょうすけ》のせなかをふみ台にして、洞《うろ》にとびこんだ。やせっぽの良介は、かんたんによじのぼってとびこんだ。

今なら凛子は、かるく足をかけるだけで、はいれる。

おじいちゃんに見つかったらたいへんだけど、りんごの木の洞に入るのは、やめられない。

苔《こけ》のにおい、土のにおい、草のにおい…、かすかにりんごのにおいもする。遠くにりんご園のりんごの木々がみどりにかすんで、森のようにみえる。

「いたいっ！」

凜子は、頭をおさえた。

「石ころ？」

ころころころがったのは、小さな青いりんごの実。

だめだよ！

だめだよ！

青いりんごが、つぎつぎに洞になげこまれた。

りんごの実をもいではだめ！　おじいちゃんにしかられる。

「良。やめさせてよ」

凜子は頭をかかえて、うずくまった。

りんごが、ふってくる。

ころ　ころ　ころ

こっつん　こっつん　こっつん
ころ　ころ　ころ
こっつん　こっつん　こっつん…
ど　どーん！

2　おりん

「助けて！　おじいちゃーん」

と、そのとき、

「姫《ひめ》っ、姫っ、おりんさま」

りんは、男の人にかかえられ、がれきのなかからひきだされた。

「おりんさま、おけがはありませんか。まったく、この戦《いく》さのさなかにかくれんぼですか」

父正臣《まさおみ》の弟子《でし》、平馬《へいま》だった。

平馬はりんをみると、顔をひきつらせてがなった。

りんは、ぺろりと舌《した》をだした。

「だってさあ」

「だってもなにもねえです。母成峠《ぼなりとうげ》も落ち、はや、鶴ヶ城は敵にかこまれております。もはや、もはや…」

「もはやなんですか、平馬《へいま》」

「もはやご覚悟《かくご》を」

「なにをいってるの。会津のお殿さまが負《ま》けるはずはありません。父上はどこに」

「はあ、それが…」

「母上はどこに」

「お方《かた》さまは、お子たちをつれて、神指村《こうざし》のほうさ、にげられました。それにしても、このさなかにかくれんぼでございますか。

はっはっはっはっ、ごうぎなことで…。

それがしが、ここをとおりかからなかったら、おりんさまは石垣《いしがき》の下でつぶされていなさった」

「良一郎《りょういちろう》は、どこに？」

「またまた、かくれんぼのつづきですか。ご舎弟《しゃてい》さまは…たしかそこらあたりに」

平馬《へいま》は、きょろきょろと、あたりを見まわした。鐘《かね》つき堂の鐘が、まだぐらぐらゆれている。

りんは、その石垣のそばに、はだしでたっていた。かみも着物も土だらけ、ほこりだらけ。

ここは家からすこしはなれたところで、お城にいく近道というより、城内にある日新館の道場にいく小道である。

つきあたりは堀《ほり》になっていて、その先に*天守閣《てんしゅかく》がそびえて見える。道の両側は垣根《かきね》がめぐらされ、春は椿《つばき》、冬は茶の花が咲く小道だった。

馬にのったご家来衆《けらいしゅう》がたまにとおるが、いつもはしずかなところだ。それが、きょうは砲丸《ほうがん》や砲弾《ほうだん》の音がたえずひびき、この細い小道にさえもうもうとけむりがたちこめていた。

「あぶねえです。もどりましょう」

「だって、良が」

「おりんさま、こごんで、こごんで！　弾《たま》がとんできますだ」

りんごコラム

天守閣とは？

鶴ヶ城のてっぺんに築かれた物見やぐら。遠くまで見わたすことができる。

そのとき、良一郎《りょういちろう》の声がした。

「姉《あね》さま、姉さま。ここ、ここ」

声がするほうを見ると、良一郎のほそい足が鐘《かね》からぶらさがっている。

「良！　道成寺《どうじょうじ》の鐘ではないのよ」

良一郎は、わけがわからずきょとんとしていた。

「姉さま、ここから、戦《いく》さがよく見える。ここさこらんしょ。はやく、はやく」

りんは平馬《へいま》をふりきって、鐘楼《しょうろう》にかけのぼった。

ほんとうだ。城内がひとめで見わたせる。

でも、なんというありさまだろう。

北出丸《きたでまる》は、見たことのない西軍の旗がひしめき、つぎつぎに薩摩《さつま》、長《ちょう》州《しゅう》の兵が、波のようにおしよせてきている。

「負《ま》けてんのか」

「わかんねえ」

弟が、

「父上！」

といって、めそめそ泣きだした。

「泣くんじゃない！」

りんは、しかりつけた。

そのとき、ひとりの血まみれの侍《さむらい》が鐘楼にかけあがってきた。

ふたりはあわてて、鐘楼の柱のかげにかくれた。

侍は、鐘をはげしくたたきはじめた。

がん　がん　がん　がん　がん

すると、それにこたえるように、城のまわりや町中の鐘楼《しょうろう》の鐘《かね》が、なりはじめた。

「警鐘《けいしょう》だ！」

りんは母からなんども、鐘がはげしく打ちならされたらどこにいようが、すぐに城内に入るようにと、いわれていた。城内でかならず会うことができるからと。

でも、いま、母は城内にはいない。

「どうしよう…」

考えているひまはなかった。

敵は、すこしはなれた小田山《おだやま》から、大筒《おおづつ》で城の周囲の家に火をはなった。

火は、鶴ヶ城をかこんで燃えあがった。

りんは、弟の手をつかんで、城へむかう人ごみにまぎれこんだ。

火からのがれようともどってくる人たちに…ほとんどが子どもと年より
だったが…敵は刀をぬいて、おどりかかっていった。

地獄だった。

城へ入る門は、まもなく閉《と》じられてしまうだろう。

「どうしよう」

「………」

良一郎《りょういちろう》はなきべそをかいている。

そのとき、けむりをぬって笛太鼓《ふえたいこ》の音が、どこからかきこえてきた。

「なに？　なんの音？」

「＊彼岸獅子《ひがんじし》がきたみてえだな」

「お彼岸でもないのに」

りんごコラム

彼岸獅子とは?

彼岸のときに、獅子頭をかぶってあちこち踊りあるく厄《やく》よけの行事。

敵は、攻《せ》めるいきおいをそがれ、いぶかしげにふりあげた刀をおさめた。

人々は、ほっとして天守閣《てんしゅかく》をあおいだ。

「いってみる?」

「うん。いってみんべ」

良一郎《りょういちろう》は、うなずいた。

こういうとき、弟はすばしっこい。

西出丸《にしでまる》の土塁《どるい》をよじのぼり、石垣《いしがき》の上にでた。そして、西追手門《おってもん》のわき

會

りんごコラム

娘子隊とは？

なぎなたを手に、命をかけてお城を守った二十余人の女性たち。

にすべりおりた。

りんも、必死で弟のあとについて城内にとびこんだ。

城の中も城の外も、おなじだ。

血まみれのけが人がよこたわり、白はちまきの*娘子隊《じょうしたい》の姉《あね》さまたちが、走りまわって手当をしていた。

炊《た》きだしをしている姉さまたちもいる。

けむりは城をとりかこみ、火の粉がふってきた。

銃弾《じゅうだん》もふってきた。

りんは、歯がかちかちなり、からだがかってにふるえだした。

「こんなでは、娘子隊に入れない。お殿さまをお守りできない」

りんは、ふところの懐剣《かいけん》をしっかりとおさえた。

良一郎《りょういちろう》が、りんの手をぐいぐいひっぱった。

「ど、どこへ」

「くろがね門のほう。ほら、きこえんべ？　さっきのおはやし」

良一郎は、頭をふり、胸の小太鼓をうつまねをした。

笛や太鼓の音が、天守閣《てんしゅかく》のすぐ下のくろがね門からひびいてきた。

門が重い音をたててひらいた。
※朱雀隊《すざくたい》の一団が、彼岸獅子《ひがんじし》を先頭に、踊りながら城内にはいってきたのだ。

りんごコラム

朱雀隊って？

会津の軍制で十八歳から三十五歳までが朱雀隊。ほかに青龍隊《せいりゅうたい》、玄武隊《げんぶたい》、白虎隊《びゃっこたい》がある。

城内の人たちは、うおーっと歓声をあげて朱雀隊《すざくたい》をむかえ、手をたたいた。

りんは、いつのまにかふるえがとまっていた。

「みてごらんなさい、良。けがをした人たちまで、笑ってらる」

「うん」

若い朱雀隊の侍《さむらい》のまわりには、春の彼岸がきたようなあたたかさがただよっていた。ここだけは、戦《いく》さもちょっとひとやすみ。

良一郎《りょういちろう》はなわをひろって頭にむすび、ふりまわしながら獅子おどりをはじめた。

「うまいぞ、ぼうず」

「うまい、うまい」

こんどはりんが、良一郎の手を強くひっぱっておどりをやめさせた。

「んだって、みんなよろこんでいらる」

「いまは、おどってる場合ではないべ。わたしたちにだって、できることがあんべ！」

りんと良一郎は、天守閣《てんしゅかく》の地下にある塩蔵《しおぐら》の入口に、走ってころがりこんだ。いつもなら番人がいて、ぜったいに近よれないところだった。

「いい？　番人にであったら、すましておじぎをすんのよ。なにかきかれたら、おつかいでまいりましたっつうのよ」

「そんで？　なにすんの」

りんは、だまってついてらっしゃいといって、すたすたと暗い地下道をはいっていった。

ところどころに、行灯《あんどん》がともされていた。

「なに？　どごさいぐの」

「いいから、だまって！」

地下道のつきあたりは、ぼうっと白く光っていた。

「雪だ」

「ばかね。地下に雪がふる？　なめてごらんなさい」

良一郎《りょういちろう》は、おそるおそる指をだして、白い壁《かべ》をこすってなめた。

「う、しょっぺ。姉《あね》さま、塩だね。ひとかたまりもらっていぐべ」

良一郎は、岩塩《がんえん》をたもとにいれた。

りんは、弟をこづいて、さきをいそいだ。

つぎの板戸をひらくと、そこはひろい納戸《なんど》。でも暗くてなにがあるのかよくみえない。

「良。行灯をひとつ、もってきて」

良一郎は地下道から、灯《あか》りをもってきた。

りんは、灯りをたかくかかげた。

「ぎゃーっ」

良一郎は、悲鳴をあげてとびのいた。

そこにいたのは、まっかな巨大なおばけ。

「男のくせに、なによ」

りんは、赤いおばけをずるずると、ひきずりはじめた。

たたみ一枚よりもっと大きなまっかな凧《たこ》。

目をぎょろぎょろさせ、耳までさけた口からは、大きな長い舌《した》をべろんとだしている。

「どうすんだい？　姉《あね》さま」

「きまってるでしょう。揚《あ》げんのよ」

「揚げるって？」

「凧揚げ大会。あなたも、一枚かついできてちょうだい」

「やだ、やだ、やだ……」

良一郎《りょういちろう》は、岩塩《がんえん》の壁《かべ》にはりついて、ふるえている。

「よわむし！　白虎隊に、はいれねべ」

「おれ、はいらない。戦《いく》さはしねえ」

「凧で戦うわけではないよ！」

りんは小さな声で、わたしたちがここにいるっていうことを、凧をあげて父上と母上にしらせるのだ…といった。

ふたりがひきずってきた凧をみて、よろこんだのは、朱雀隊《すざくたい》の兄《あん》つぁまたちだった。

たちまち長いつながが用意され、城の広場は凧揚げ大会にかわった。いくつもの赤い凧が、ゆらゆらと空に揚がった。

「父上は、きっと凧をみていなさる」

りんは、けむりをぬって、上へ上とあがっていく凧をみつめた。

大砲の音が、止んだ。

彼岸獅子《ひがんじし》のおはやしのときとおなじように、小田山《おだやま》から大砲をはなっていた西軍は、弾《たま》をつめる手を休めたらしい。
りんは、こんなとき笑ってはならぬとおもいながら、肩をふるわせて笑ってしまった。
でもそれは、ほんのひとときのことだった。

3　唐人凧《とうじんだこ》

りんの父、正臣《まさおみ》は銃弾《じゅうだん》にあたり、野戦病院《やせんびょういん》となった藩校日新館に収容されていた。

ほうたいも薬もなく、ただきずぐちを酒で洗うぐらいの手あてでしかない。

会津の町なかは、しかばねがかさなりあい、敵か味方か見わけがつかないありさまであった。

「柳内《やない》正臣さま、どうか動かねでくなんしょ。まだきずぐちがふさがっておりませんです」

なんど看護人《かんごにん》にいわれても、正臣は障子《しょうじ》につかまりよろよろと立ちあがって、木々のむこうの鶴ヶ城をじっと見つめていた。

「柳内《やない》さま！」

「心配は無用《むよう》じゃ。きずはふさがっとる」

「あのなっし、弾《たま》は急所《きゅうしょ》をはずれておりやすが、まだ血がとまってはおりやせん。どうか横になっていてくなんしょ」

「わたしは、だいじょうぶだ」

正臣《まさおみ》は血のにじんだ腹をおさえて、天守閣《てんしゅかく》を見つめていた。

ある日、看護人《かんごにん》は、

「あのう…」

と、血の入ったどんぶりを、おずおずとさしだした。

「おら家《え》のかががなっし、正臣先生さまに鯉《こい》の血、どうだべってなっし。兄《あん》にゃがときどき、そのう…塾《じゅく》さおじゃましてるがらってなっし。なんでも、あのう…、ややっこ生んだとき、乳がいっぺえでるってゆうべし」

「いやいや、これはかたじけない」

正臣は、いっきに鯉の血をのみほした。

「乳はでまいが、元気がでたわい。おかみさんによろしくな」

正臣は大声で笑った。


ときおり大砲の音がひびき、城はけむりにつつまれる。

お殿さまはご無事だろうか…ご家老《かろう》さまは城内に入られただろうか…ご家族は…。

「こんなときにけがするなど、あぁ、なんとごせがやけることじゃ!」

正臣は、歯をくいしばった。

正臣のきずぐちは、鯉の血のおかげか肉がもりあがってきていた。

そのとき、もうもうとけむりにまかれていた城の上に赤い凧《たこ》がひとつ、ふたつと舞いはじめたのだ。

「なんだ、あれは？」

つぎからつぎへ、赤い凧が空に舞いあがった。風に流されて、右へ左とゆれる。

「おおっ！　唐人凧《とうじんだこ》じゃ」

遠いので凧の顔つきまでは見えないが、ぐりぐり目玉にでんとすわった鼻、長い舌《した》をべろりとだしているのが想像できた。

「だれが揚《あ》げているのか知らんが…」

唐人凧が、みっつ、よっつ、いつつ…とつぎつぎに揚がった。

――いやいやいや、唐人凧とはなあ…よくまあ、あの古い凧があったものじゃ。敵はなんの合図かと、たまげておるじゃろうに――

銃弾《じゅうだん》の音が、しずまった。

「戦わずして勝つ。そんなことがあれば、流れがかわるかもしれん。それが会津の文化じゃ」

正臣《まさおみ》は笑いかけたが、笑いはそのままこおりついた。

いちばん高く上がっていた凧の糸に銃弾があたり、凧はまっさかさまにおちはじめたのだ。

「ああ、なんということだ！」

正臣は、めまいがして、障子《しょうじ》につかまりしゃがみこんだ。

「お父上！」

「父上！」

正臣の耳に、りんと、良一郎《りょういちろう》の声がきこえた。

まさかわが子が唐人凧にはりついて、空を舞っているなどということがあるだろうか。りんならやりかねないが、気の弱い良一郎《りょういちろう》にはできるはずがない。
いや、りんにしても、そんなことはありえない。
そのころ城内のふたり、りんと良一郎は、「凧《たこ》だ！」と目と目でうなずきあった。

たこ　たこ　あがれ
天まであがれ

良一郎は、城内の竹やぶから竹をさがしてきて、それをわって骨にした。
「姉《あね》さま、飯《めし》つぶ！」

りんは、城の水屋《みずや》に走っていった。

水屋は、まかないの人たちでごったがえしていた。

りんは土釜《どがま》のほうへ、腰をかがめて近づいた。釜のふたをあけると、炊《た》きあがった米のいいにおいがたちのぼった。

きのうから、なにも食べていない。きゅうに空腹を感じた。釜に手をつっこんだとたんに、その手をたたかれ、つかんだ飯つぶは灰《はい》のなかにすっとんだ。

「どこのものじゃ！　あさましい。にぎり飯は、一日一個ときめられとるに。名を名のれ」

りんは、「おゆるしください」と頭を下げながら、灰の中にご飯《はん》が落ちているのを見のがさなかった。さっとご飯をひろうと、たもとに入れてにげだした。

さっそく良一郎《りょういちろう》は、灰《はい》まじりののりをねりはじめた。

それから、竹わくに腰の手ぬぐいのしわをのばしてはりつけた。

「姉《あね》さま、じぶんの凧《たこ》はじぶんでつくれよ」

「てぬぐい、もってね。これでいいかい」

りんは、ふところからしぶしぶ懐紙《かいし》をとりだした。

「小っちぇな。そんでも紙をついだら、いい凧になる」

りんは手先がふるえて、懐紙はふっとんだ。

「しょうがねえな。父上がどこかで見てらっからっていったの姉さまだよ」

「そ、そうだったな」

りんのふるえは、止まった。

たこ　たこ　あがれ

天まであがれ

塩蔵《しおぐら》の地下道で、ふたりはだまって凧をつくった。胸のなかでは、大声でうたをうたいながら。

「しっぽもつけるんだよ」

「そんなものは、いらね」

良一郎は、ごみの中から麻《あさ》をひっぱりだし、ひもをよりはじめた。

「いらねってば！」

「つりあいをとるんだって、父上がいわったべ」

「そんじゃ、一本だけにする」

りんは、短い麻ひもを一本だけ凧にむすびつけた。

正臣《まさおみ》は、なんども目をこすった。

「まさかあ…」

唐人凧《とうじんだこ》の下のほうから、豆つぶぐらいの凧がふたつあがってきた。

「そ、そんなはずはねえ」

ひとつは風にのってぐんぐんのぼっていったが、ひとつはくるくると舞って落ち、また風にあおられてのぼっていった。

「しっぽをちゃんとつけろ、といったろうが。おりんは一本しかつけてねえな」

正臣は、頭をたたいた。

けがのせいで、きっと、幻をみているのだろう。

「正月の凧揚《たこあ》げ大会じゃ。良一郎《りょういちろう》がんばれ」

目の前がぼんやりとかすんできた。

「なんだ、あれは?」

空に舞いあがった赤い凧が、風にながされて、右へ左へとゆれる。

正臣は、また目をこすった。まるで霧《きり》のなかにいるようである。

そのころ平馬《へいま》は、やっと地下道にいるふたりをさがしあてた。

「さがしましたぞ。おりんさま、良一郎さま」

いうなり、平馬はうつむいてぼろぼろと涙をこぼした。

「お父上さまが…柳内《やない》の殿が…」

「いつ?　どちらで亡くなられたのです?」

と、りんはたずねた。

平馬は、あわてて頭をふった。

「白河の関で大けがをされ、日新館にいらっしゃいます」

りんと良一郎《りょういちろう》は、しゃんと背すじをのばした。

「すぐに、まいります」

「いや、いや…城外にでたら、おしまいでございやす。薩摩《さつま》、長州《ちょうしゅう》の兵がおしよせて、女、子どもも容赦《ようしゃ》なしでやす」

すると良一郎が、

「おらが、いぎます」

と、いった。

良一郎なら猿のようにすばしっこいし、どんなすきまでも通れるし、うまく父上のところまでいきつくことができるだろう。

りんは、だまってうなずいた。

弟の背がきゅうにのび、おとなびてみえた。

「城に入る合言葉《あいことば》は?」

「さくら、咲く!」

良一郎は、いった。

りんは、おもわず吹きだした。

「それでは、ここにはもどってこられまい。殺されてしまう。さくら、ちるでしょう」

「いやだ。おれはちるのはいやだ」

平馬《へいま》が、

「こうなったら、咲くもちるもおなじですだ。はやくお父上に会っておいでなさい。きっと待っておられる」。

良一郎は、かけだした。

「姉上《あねうえ》、おらが日新館につくまで、凧《たこ》をちゃんと揚《あ》げておいてくなんしょ!父上が見てらっから。おろさんなよ」

りんは、うなずいた。

良一郎《りょういちろう》は、走りさっていった。

小さな凧《たこ》は、唐人凧《とうじんだこ》のずうーっと下のほう、城の松の木の少し上を、風をうけてゆれながら揚《あ》がっていった。

「父上、がんばってください。元気になってください」

りんは願いながら、凧の糸をひきつづけた。

4　凧《たこ》つくり

「姉《あね》さま」

「姉さま」

「凧の姉さま」

と、小さい子どもたちが、りんのまわりに集まってきた。

「凧、つくっておくれ」

「おれさも」

「わたしにも」

りんは、へんじした。

「つくってあげます。そんじゃな、白い布、針、糸、のりをもっておいで。のりがなければご飯《はん》つぶでもいい」

子めらは、くもの子をちらすように城内のあちこちに走っていった。

りんは、弟がしていたように竹林《たけばやし》で竹をさがし、凧《たこ》の骨を作るために竹林のまんなかの空《あ》き地にひきずってきた。

「あいつ、どうやって竹を割《さ》いたのかな」

とほうにくれたりんは、とりあえず石で竹をたたいてみた。

「なにをしているのです」

びっくりして手を止めると、ひとりの若者が竹林のむこうに立ってのぞいていた。

りんはへんじをせず、石をまたふりあげた。

――男女七歳にして席を同じゅうせず――。

什《じゅう》の掟《おきて》をわすれたのですか。

へんじはできません。

見ればわかるでしょうに！

どうぞ、あっちへいってください。

りんがふりあげた石は竹にぶつかり、はねかえって、りんのはだしの足におっこちた。

「あっ！」

若者は、つかつかと竹林に入ってきた。そして、はれあがった足の甲を手ぬぐいでしばった。

「すこしひやせばいい」

りんは、だまって頭をさげた。

子めらたちがもどってきた。

「姉《あね》さま」

「姉さま」

「凧《たこ》の姉さま、凧はまだ？」

「なあんだ。凧をつくるのですね」

若者がいった。

「そうだよ」

「唐人凧《とうじんだこ》にまけねえ凧だよ」

子めらが、りんのかわりにこたえてくれた。

「まかせてください」

若者は、腰の小刀のさやをぬいた。

若者は竹を一本切りたおし、二節ぐらいの長さでこまかい竹ひごにした。

りんは、離れたところからそれを見ていた。

りんは、子めらにいった。

「布は集めてきたの」

「はーい、姉さま」

「はーい、姉さま」

子どもたちの布は、形も大きさもさまざまだった。半衿《はんえり》もあれば、ふきんや、手ぬぐいなど…ほとんどがうすよごれていたが、りんは白い布をえらんで、はぎあわせていった。

「うまいね。姉さま。かかさまみてえ」

「ほんとだね」

子どもたちは、りんをとりかこんで、とぶように走る針先に見とれた。

「姉さま、おれにも教《おせ》えて」

「おれにも教《おせ》えて」

りんは、五《いつ》つか六《むっ》つぐらいの女の子に、針をもたせた。みんな笹《ささ》っぱの上にしゃがみこんで、縫《ぬ》いはじめた。

若者も、竹林《たけばやし》のむこうでそのようすを見ていた。

「できたよ」

「こんでいい？」

「まがっちまったけんじょ」

子めらたち、小布《こぎれ》をなんとかはぎあわせ、きたない布をひらひらとうれしそうにふりました。

「よくできました」

りんはいった。

子どもたちの手わざは、ぶきっちょだが、いっしょうけんめいだ。

そのときだった。

なんにんかの玄武隊《げんぶたい》の侍《さむらい》が、りんと子めらたちをとりかこんだ。

りんは、すぐに立ちあがって小さい子めらを守ろうとした。

「柳内《やない》さまの姫《ひめ》ですな。その白い布を、こちらへいただきたい。お小さいかたがたの布もこちらへ」

侍たちは、ひきつったような青い顔をし、やっと立っているような人もいた。

「なじょしてですか」

「ここでは、申し上げられませんのです。おりんさまも、ちょっとこちらへきてください」

子めらたちが、声をあげて泣きはじめた。

「いやだよう」

「いやだよう」

「凧《たこ》、こっせてんだよう」

「それ、おれがぬった布だよう」

りんは、子めらをなだめた。

「すぐにもどりますから、まっていてな」

りんは、侍《さむらい》たちの異様《いよう》な顔つきから、すぐに、なにかが起こったのだと感じた。父、正臣《まさおみ》になにかがあったのだ。あるいはお殿さまの御身《おんみ》になにかが…。

あの若者は、社《やしろ》のかげから、りんがつれさられるのを見つめていた。

5　緋《ひ》もうせん

りんがつれていかれたのは、北追手門《おってもん》のそばだった。すでに五、六人の女《おな》ごの人たちが、むしろの上にすわって、針を動かしていた。

だれも、ひとことも口をきかない。

りんは、こそっと、若い姉《あね》さまのそばにすわって、みんなのようすを、うかがっていた。

（なして、縫《ぬ》っているの？　なにに使うの？）

若い姉さまは、ときどき鼻水をすすりあげている。

りんは、きいた。

「なして、それを縫ってらんですか」

姉《あね》さまは、うーっと、泣き声をあげ、白布で顔をおおった。

やがて泣き声は、つぎつぎに伝わり、みんなが泣きはじめた。

「去《い》ね！　泣くものは去ね！　白布をおいて去《さ》れ！」

年かさの女《おな》ごが、立ちあがって、どなった。

りんは、びっくりして、そのようすを見ていた。

「おまえは、泣かぬのか」

「はい」

りんは、子めらたちの白い布をにぎりしめて、答えた。

「凧《たこ》をこせえてるのに、なして、泣くんですか」

年かさの女ごの顔が、ゆがんだ。

泣くまいとしているのか、笑うまいとしているのか、りんにはわからない。

そのおひとは、白布をひろげて、頭上《ずじょう》にかかげ、大きくふった。

「これが、わからぬか！　負《ま》けたのじゃ。戦《いく》さに負けたのじゃ」

白い布は、降伏《こうふく》のしるしだった。

女ごたちがつなぎあわせた白布は、のぼり旗のさおに、くくりつけられ、北追手門《おってもん》に高くかかげられた。りんがにぎりしめていた白布もうばいとられて、その一部になった。

「ちがう、ちがう！　わたしたちは、凧をこっせていたのよ！　白旗なんかじゃない！」

「ちがう、ちがう…」とりんは叫んだが、その声は嵐のような慟哭《どうこく》に消され、だれにもとどかなかった。

「姉上、姉上」

良一郎《りょういちろう》の声がする。

「こっち、こっち」

りんは、あたりを見まわした。

良一郎が、城壁《じょうへき》の石垣《いしがき》から、頭をだしていた。

城内の人は、みな狂ったように、右往左往《うおうさおう》しているだけだった。

りんは、ひらりと西出丸《にしでまる》の城壁をのりこえ、侍走《さむらいばし》りの石段をとびおりた。

お城の外へでたふたりは、お堀《ほり》にそった道を走っていった。

「ご家老《かろう》さまのところさいげって、父上にいわっちゃがら」

正臣《まさおみ》の上司の家老の屋敷《やしき》は、表門の前にあった。

道にころがって死んでいる人に、つまずいて、りんはなんどもころびそうになった。死体のあいだを血がながれている。

りんは、ただ弟の姿だけを追って、血の流れの中を走った。

ご家老さまの門が見えてきた。

だが、そのあたりには、会津のお侍が道いっぱいにひれふしていて、通ることができない。

そのとき、白旗をかかげた侍のあとから緋《ひ》色の陣羽織《じんばおり》を着たお殿さまがあらわれた。小さな若さまもいっしょだった。

かみしもをつけた人が、巻紙をよみあげたが、りんには、なにがなんだかわからない。

りんは、弟の手をしっかりにぎっていた。

歯が、ガチガチ音をたてている。

「み、みて！　お殿さま、血の上に立っておられる」

「姉上《あねうえ》。あれは、緋もうせんだよ」

「ちがう…あれは、血のもうせん、血のもうせん」

りんは、歯をカチカチならしながら、おなじことばをくりかえした。

「姉上《あねうえ》、しっかりしてくれよ。それなら陣羽織《じんばおり》だって血染めだっていうのか」

「わたし、そばへいって見てまいります」

良一郎《りょういちろう》は、姉さまの袖《そで》をつかんだ。

お殿さまは、敵方、西軍の輿《こし》にのせられてつれていかれた。緋《ひ》もうせんは、すぐにかたづけられた。

りんは、弟になんどいわれても、「あれは、血のもうせんだ。あれは、血の衣《ころも》だ」といいつづけた。

ふたりが、ご家老《かろう》の屋敷《やしき》についたときには、一族二十一人の自害《じがい》のあとで、あたりは血の海だった。

6　蝦夷《えぞ》へ

慶應《けいおう》四年八月二十三日（旧暦《きゅうれき》）。つめたい秋雨《あきさめ》がふりしきる日、鶴ヶ城は官軍にあけわたされた。

城主松平容保《まつだいらかたもり》は滝沢《たきざわ》村の妙国寺《みょうこくじ》にとらえられ、幼い若殿《わかとの》がみちのくのはて*斗南《となみ》に、わずか三万石《ごく》の国をあたえられた。

りんごコラム

斗南ってどこ？

青森県下北半島の別のよび名で、寒さで作物も育たない荒野。

りんの父、正臣《まさおみ》が手あてをうけていた日新館野戦病院《やせんびょういん》も砲撃《ほうげき》をうけた。正臣は命からがらにげだしたものの、戦《いく》さの責任をとわれ、米沢藩《よねざわはん》から長岡藩《ながおかはん》へ封《ふう》じこめられた。

くらしのなにもかもがかわった。

*家禄《かろく》をうしなった柳内《やない》家の生活はくるしかった。焼けのこったわずかな着物や家具などを、農家で米にかえて、命をつないでいた。

官軍がうろついている町は悪臭《あくしゅう》がただよい、賊軍《ぞくぐん》といわれた会津の侍《さむらい》のむくろがころがっていた。

「なしてこんなことになったの！」といううりんの疑問《ぎもん》にこたえてくれるものはだれもいない。

ふたたび春がめぐってきた。

長岡からもどった正臣は、けがの出血で、ほとんど視力をうしなっていたが、家族を守るためのけつだんははやかった。りんの家族は猪苗代《いなわしろ》湖畔《こはん》のしんせきをたよってひなんした。

大八車に家財《かざい》をつんで、背あぶり峠をこえ、湖畔についた。

家財を食べものにかえてしまうと、「そんじゃ草取りでもして、手つだってくなんしょなし」と、いわれた。

「武士の商法《しょうほう》」といわれてはいたが、「武士の百姓《ひゃくしょう》」も笑われるだけだった。

りんごコラム

家禄とは？

殿さまから与えられる米や銭。

「まあまあ、正臣《まさおみ》さま。お茶でものんでってくなんしょ。お茶ぐれえもってこらったべし」

正臣は、大口をあけて笑いとばしていたが、もう、世話になっているわけにはいかない。

りんの家族は、町にもどり小さな借家《しゃくや》ぐらしをはじめた。

よその家をたずねるとき正臣は、ふところにぞうりを入れてでかけ、玄《げん》関《かん》先でぞうりをだしてはいた。そうすることで、一足のわらぞうりを何年もはくことができる。正臣は、いつもはだしで町を歩いた。

りんは十三才。家族をたすけるために、みちのくのはて斗南《となみ》にいく決心をした。が、斗南ではなく船で蝦夷《えぞ》にまわされることになった。

りんは、会津から越後《えちご》まではだしで旅をつづけた。足はきずだらけだが

平気だった。

ふところをおさえながら、りんは、旅をつづけた。

ふところには、目の不自由な父、正臣《まさおみ》が編《あ》んでくれたわらぞうりがはいっている。

「おりんさま。これ、はかんしょ」

と、わらぞうりをさしだされても、首をふるだけだった。

「だいじょうぶだがらし」

と、むねをおさえた。

「蝦夷《えぞ》さついたら、はきます」

胸に入ったぞうりのふくらみは、くじけそうになるりんを元気づけた。

りんは、みんなとおなじような赤いはなおのげたがほしかったが、買ってはもらえなかった。わらぞうりを編んでやっからな、という正臣にりんはいった。

「父上、赤いはなおにしてくなんしょ」

「赤いはなおか！　よかんべ。赤いはなおに鈴つけて…だな」

りんは、正臣のそばで、わらをたたいたり、赤いもみの布をこまかくさく手つだいをした。


陸路の旅がおわり、越後《えちご》の港から蝦夷の小樽《おたる》までの船旅がはじまった。りんはきずだらけの足をかかえて、船底にころがりこんだ。官船《かんせん》といってもなまえだけで、帆柱《ほばしら》つきの屋形船《やかたぶね》だった。足ははれあがり、すわることもできない。それでも、歩かないですむのでほっとした。

だがそれもつかのま、船は風にゆれ、波にゆれて、からだの臓《ぞう》がひっくりかえった。

海の上では、ふみしめるものはなにもない。水にただよう藻《も》のように、ただよっているだけだった。（どこへいくのだろう…。これからどうするのだろう）りんの不安はつのった。

まもなく半月がすぎようとしていた。夜明けに、とつぜん海上にそそりたつ背の高い巨大な岩があらわれた。

「ろうそく岩だあ」

「もうすぐつくぞう」

人々はざわめいた。

そのとき、朝日がのぼり、岩のてっぺんに灯《ひ》がともった。ろうそくに灯がついたのだ。

りんはおもわず、灯《あか》りにむかって手をあわせた。

船は、小さな漁港《ぎょこう》についた。

7　あたらしい家族

ぞうりをはいたりんの足は、ずずーっずずーっと砂にのめりこみ、やせたからだは、ふわふわとゆれた。唐人凧《とうじんだこ》にのって、ゆらゆらとんできたようだ。

会津村の人たちが「會」の旗をもって浜でむかえてくれた。

「よくこらったなっし」

「疲《つか》っちゃべな」

船内《せんない》のはなしでは、余市村《よいち》は日本海《にほんかい》からはにしんが、余市川にはしゃけがのぼり、斗南《となみ》にくらべたら極楽《ごくらく》のようだという。

ところが、見わたすかぎりくま笹《ざさ》におおわれ、家いっけん見あたらない。

そのむこうに広がるのは、くろぐろとした原生林《げんせいりん》だ。

父が編んでくれたわらぞうりは、くま笹《ざさ》をかきわけかきわけ、のぼっていくりんの足をまもってくれた。

会津村は、小高い山の上にある。

りんは、村のお頭《かしら》さまである宗川《むねかわ》家にむかえられた。

宗川は、さいしょの入植者《にゅうしょくしゃ》で、子どもが五人もいる。

「おりんさんは、子守りっつうごとで、はたらいてもらいで。手があいたら開拓《かいたく》のほさも、手をかしてもらいで」

と宗川はいった。

宗川の子どもは一才から九才まで、みな鼻をたらし、ぼろをまとっていた。父親のちっちさまは、りんに子どもらを紹介《しょうかい》した。

「いちばん上が、かずおだ。両親は戦《いく》さで死んだ。つぎのふたりも、親は病《やまい》でなくなっている。下のふたりの女《おな》ん子がわしのこどもだが、五人ともみんなわしの子どもだ。おまえもだ」

その言葉は、そっけなかったが、りんをあたたかくつつんだ。


ある日、りんは背なかにややっこをおぶい、子めらの手をひいて、くま笹のやぶをこえて浜のほうにいってみた。

「かずおさん。かってに、さきにいがんなよ。クマがでっかもしんにぇがら」

「クマ？　だいじょうぶ。死んだふりする」

と次男のかずまがいう。

「みんなできるの？　死んだふり」

できる、できるとおおさわぎ。かずおだけがしらんふりをしている。

かずおは、ほとんどだれとも口をきかない。

いまはざんぎり頭だが、まげをゆったら、りりしいお侍《さむらい》にみえるだろう。いろが白くきりりとした顔である。

浜にちかづくと、会津村のおがさまたちがせなかにふろしきをせおってやってきた。

「魚、くっちぇくなんしょ」

と、おがさまたち。

「これと、魚、とりかえてくなんしょ」

おがさまたちは、よそゆきの着物をきて、白いたびまではいていた。

「なにもってきただね」

ひとりのおがさまは、刺《さ》しこのぞうきんを何枚かとりだした。ひとりは、はぎれをついだまえだれをみせた。ひとりは、刺しこのちゃんちゃんこだった。

「こりゃ、うづぐしな」

「あったげえ」

会津のおがさまたちは、それぞれ魚やこんぶなどとこうかんして、ひきあげていった。ちゃっかりと、塩もひとふくろずつもらっていった。

「そごの子守りっ娘《こ》も、もっていげや」

りんは、きらきら光っているたくさんの魚を見ておどろいた。どうやって食べるのだろう。

「食ってみっかい」

といわれて、うなずくと、頭をきりおとした魚を手にのせてくれた。まだしっぽがぴんぴん動いている。

「これがうめえ、こたえらん」

「いっぱいやりながら、食うともっとうんめえ」

みんながどっと笑った。

りんはいつも空腹だったが、生きている魚をのみこむことはできなかった。

さわるだけでも、おっかねがった。

そばにいたかずおにわたすと、かずおは、へいきな顔でぺろりとのみこんだ。

「おうっ！」

と、みんながはくしゅをした。

「これ、ざるごともっていげや。ぼうず、またこいな」

かずおは、大漁のいわしをもらって、大いばりで家にかえった。

ご飯《はん》はなくとも、魚で腹いっぱいの晩めしだった。

「ときどき魚、もらってきてな」

かっかさまが、かずおにきげんのいい声でいった。
かずおは、にっこりした。
りんも、つられてほほえんだ。
笑ったかずおは、とても幼くみえた。

8　柿のたね

ある日、りんは子めらをつれて山にはいり野生の蕗《ふき》を集めた。ここいらの蕗は、葉が、から傘ぐらいにでっけぇ。くきも杖のようにふとい。

りんは、蕗のまんなかにあなをあけ、わっ！　といって顔をだした。

「蕗おばけ！」

「蕗おばけ！」

と、みんな大さわぎ。

かずおが、あなをあけた蕗の葉っぱをかずまにかぶせた。ぼうしも作ってやった。目んたまをきょろりとさせたかずまは、蕗っ子のようだ。

かずおが、笑っている。

浜までは、あとすこし。風が海のにおいをはこんでくる。原生林《げんせいりん》のむこうに海が光っている。

とつぜんかずおが、さけびごえをあげて、りんのうしろにしがみついた。

「クマっ！　クマが…クマが…」

笹《ささ》がゆれ、やぶからぬっと、二匹のクマがあらわれた。

大グマと、小グマだ。

りんは、さけんだ。

「木にのぼれっ」

小さい妹の手をつかんで木にのぼろうとしたとき、クマはねむっていたややを、りんのせなかからうばいとった。ややは、声もたてない。

りんは、ガタガタふるえながら、木のうしろからクマのようすをうかがった。ややは、クマの腕のなかでキャッキャッと笑っている。

よく見ると、クマは、着物をきていた。肩に赤いもようのある着物だ。耳には耳かざりをつけていた。

「コタンだ」

と、かずおが小声でいった。

小グマが、ややの口のなかになにかをいれた。ややは、よだれをたらしながらうれしそうにペチャペチャやっている。

りんは、思いきって、「こんにちは」といってみた。

「アガー、アガー」

「アッパ？」

りんもかずおも、なにをいっているのか、わからない。とにかくややをとりもどさねばなんねえ。

りんは、両手をだして、

「ややー、かえしてくなんしょ」

といって、頭をさげた。

「ヤーヤー？」

「はい。やや、かえしてくなんしょ」

「アガ、アガ、アガ」

と、うなずいた。わかったというたいどだった。赤ん坊のことをアガというらしい。

大グマのコタンは、ややをりんにもどして黒いころんとしたつぶを、五《いっ》つ六《むっ》つかずおにくれた。

ややは、その石ころをさっきからなめていたのだ。

「豚《ぶた》のくそだ」

かずおは、笹《ささ》やぶにみんなぶんなげた。

りんは、ややっこのゆびをしゃぶってみた。

「ああー、あまーい」

豚《ぶた》のくそなんかではない。かずおの手のなかは、からっぽだった。

「あ、あった」

かずまが、笹《ささ》の上に小さい黒いかけらを見つけた。

りんは、それをつまみ、

「あねが、食《く》ってみっからな」

みんなじーっと、りんの口もとを見つめた。

「あっ！」

「口さ入っちゃ」

「あね、あね、くそ食った。あね、あね、くそ食った」

かずまがはやしたてた。

りんは、にっこりしていった。

「これは、くそではないよ。黒ざとうのかたまりだよ」

みんなは、くま笹のなかに首をつっこんでさがしたが、ひとつぶも見つけることはできなかった。

かずおは、しょんぼりうなだれていた。


ある日、りんは川で汚れものを洗っていた。そのそばで子めらはかずおをとりまきわいわいさわいでいる。

りんも、なにごとだろうと、せんたくの手をとめた。

「なに食ってんの？」

「おくれよ」

「おくれ」

口ぐちにいう。

かずおは、口のなかで、ペチャペチャなにかをなめていた。りんだってしりたい。

「あまい？」

「あめだまか？」

「こないだ、クマにもらったやつか？」

「ずるい！　かずお兄《あん》にゃ、ずるい」

かずおは、みんなにたたかれても、つつかれても、ぜったいに口をあけなかった。

口をぎゅっとむすんだまま、やぶのなかににげていった。

りんは、おいかけた。

やぶに足をとられてころびながら、おいかけた。おいかけながら泣いていた。

「かずお…かずお…良介《りょうすけ》…」

かずおを探しながら、弟の良介を探していた。

良介は、今ごろどうしているだろう。

いままでがまんしていた涙があふれだし、とうとう、しゃがみこんで、大声でなきだしてしまった。

いつきたのか、かずおが目のまえにたっている。

こまったような顔で、かた手をだしている。

「あね、これ」

手をひらくと、柿のたねがにぎられていた。

「会津の母上が、みしらず柿、くださった。そのたね…」

りんは、胸がいっぱいでなにもいえない。そのかわりに大声でしかりつけた。

「ばか!　たねなんかしゃぶったって…たねなんか…たねなんか…」

りんは、かずおのうでをつかんでいった。

「はやく芽、でろ、柿のたね。はやく芽、でろ、柿のたね…きいたことあんべ?」

かずおの目が、かがやいた。

たねをにぎったかた手をあげて、かずおは、おどるように余市川《よいち》のほうへおりていった。

それからというものかずおは、ときどきひとりでどこかへ姿を消した。

「かずお兄《あん》にゃは?」

「しらん」

「川のほさ、おりていった」

りんは、きっと柿のたねの世話をしているのだろうと、気にもとめなかった。

りんがどこにまいたのかときいても、笑って首をふるだけで教えてくれない。

りんは、こっそり川沿いを歩いてみた。

すると、崖《がけ》を背にした入江があり、小石のかこいがしてあった。

「ここにまいただね」

砂地には、小さな足あとがたくさんついていた。

りんはふとおもった。

「こんなところに柿のたねまいて…水がでたらなじょすんの？　でっかい木になって、柿の実がいっぺえなったら、なじょすんの？

みんなぼたぼた川におっこちてしまうべ」

りんは、みんながはだかで柿の実ひろいをしているさまをおもって、ちょっと楽しくなった。

柿のたねは、なかなか芽をださなかった。だがある日、かずおが息をはずませて、

「あね、あね、芽が！　芽がでた！」

とかけこんできた。

みどりの小さな柿の芽は、石のかこいのまん中にでていた。

かずまが、そうっと手でさわろうとすると、

「さわるな！」

と、かずおが大声でいった。

はやく木になれ　柿の芽

はやく実ならせ　柿の木
はやく食いてえ　みしらず

みんなで、石のかこいのまわりをぐるぐるとまわった。家につくまで、子めらは大声でうたって歩いた。

家に帰ったころきゅうに空がくらくなり、海からしめった風がふきつけ、よこなぐりの雨がふってきた。

「嵐がきそうだな」

宗川《むねかわ》は蓑笠《みのかさ》つけて、外へでていった。

かっかさまは、いろりの火をおとし、板戸をしめ、しんばり棒をした。

子どもたちはふとんにもぐってふるえていた。

風がうなり、地面がゆれた。

だれも、かずおがいないのに気がつかなかった。

つぎの日は、さわやかな秋晴れだった。

夕方かずおの遺体《いたい》が、海にそそぐ河口にひっかかっているのが発見された。

海は夕凪《ゆうなぎ》でまっかにそまっていた。血だ！

戦《いく》さでながされた血だ。

かずおは、いない。

このまっかな夕凪をいっしょにみることはない。

りんは、ただ、じぶんをせめた。かずおを死においやった自分をせめた。

芽がでたとき、どうしてひとことといわなかったのだろう。

「会津では、みしらず柿は家のそばさあったべ？　こんなとこさ植えたら、水に流されっちまうべ？」

りんはいつまでも、だびにふされた火のそばをはなれようとしなかった。

9　緋《ひ》の衣《ころも》

十六才になったりんは、父正臣《まさおみ》に習った読み書きが役にたち、日進小学校の先生として働いていた。

余市《よいち》村の開墾《かいこん》は、なかなかはかどらなかった。くま笹《ざさ》の根は、からまりあって、どこまでもつづいていて、そばの実やあわなどがほんのすこし収《しゅう》穫《かく》できるだけだった。

そのころ北海道開拓使長官黒田清隆《かいたくしちょうかんくろだきよたか》が、アメリカからくだものの苗木をもってきて、いろいろ開拓の方法をかんがえていた。余市はワシントン州とおなじような気候なので、この苗木が育つ可能性があるのではないかという。それはアプルというもので、和名ではりんごと名がついていた。

あるとき東京の小石川実験農場《こいしかわじっけんのうじょう》で栽培《さいばい》させたアプルの苗木を、ひとりの青年がひとかかえ余市に運んできた。

村人は役場まえに集まり、きんちょうして苗木をみせてもらった。

青年はいった。

「きいてくなんしょ。アプルってゆってもなし、おらだちは、りんこってゆってんだがらし」

みんなは青年の口から会津弁がとびだしたので、ほっと肩のちからをゆるめた。そして、いっせいにりんをみて、どっと笑った。

りんは、なぜ笑われているのかわからない。

「りんこだっててよ」

「おりんさんの子どもっつうわげだ」

「そりゃあ、いい名前だ」

みんなの注目《ちゅうもく》をあびて、りんはまっかになって下をむいた。

長身の青年は、つかつかとりんのまえにきていった。

「失礼しました。りんこではねえし。りんごです」

りんは顔をあげ、はぎれのいい会津弁をはなす青年を見た。

青年もりんを見つめ、「あっ！」と、いった。

「鶴ヶ城で、あんときの…」

「凧《たこ》づくりのとき助けていただきました」

青年は、うなずいた。

「生きておられていがったなっし。わたしは、黒河内竹之助《くろこうち》と申します」

「宗川《むねかわ》りんでございます」

黒河内は、二尺《にしゃく》ぐらいの苗木をみんなに一本ずつくばった。

「どっか、畑のすみっこさでも植えておいてくなんしょ」

といって、札幌へ帰っていった。

村人は、あいかわらず開墾《かいこん》におわれ、りんごだかりんこだか、どんな実がなるのだかもわからない苗木の世話をするようなひまはなかった。りんも、苗木のことをわすれてしまっていた。


四年ほどたった五月のあたたかい日、りんは草むらから風にのってくるやさしいにおいに気がついた。

なんの花だろう。

はじめてのにおい…

なつかしいにおい…

でも雑草《ざっそう》がしげっていて、においまでたどりつけない。

りんは汗をぬぐって、空をあおいだ。

「あれ？　山！　磐梯山《ばんだいさん》が！」

雲がわきでていて、会津の山のようにそそりたっていた。その山の上を子どもたちが、両手を広げてかけていく。

「かずおも、あそこにいるのかな」

りんはいつのまにか、においのことは忘れていた。


短い秋がすぎ、雪がふりはじめたころだった。

七つになったかずまが、りんのいる日進小学校にかけこんできた。

「たいへんだ、たいへんだ！」

「どうしたのよ」

「なんだかよ、わかんねげんじょ、赤くってよ、まるくってよ、そ、そいつが、おら家《え》の畑さ、畑さ…」

かずまの説明では、なにがたいへんなのか少しもわからない。

とりあえずりんは、かずまのあとを追って、学校坂をかけおり、雪をけちらして走っていった。

すっぽりと雪におおわれた畑のすみっこに、赤い実をつけたほそい木があった。ちょうどかずまの背丈ぐらいの木だった。

「あっ、この木!」

りんも、おどろいた。

「黒田さまにいただいたアプルでねえべか。たしか…このあたりに植えたような気がする」

かずまは、もう村のほさ、かけだしていた。

「おれ、みんなにしらせてくる!」

村の人々は、りんの畑に集まった。

宗川《むねかわ》は、りんごをもいで高くかかげた。

「おゝ！」

村人は、どよめいた。

「まっかだ！」

「うづぐしい…」

「名前つけんべ！」

「おゝ！」

宗川はいった。

「りんごの名前はなんと?」

しーんと、しずまった。

緋《ひ》の色だ。

高くかかげられたりんごは、主君松平容保《しゅくんまつだいらかたもり》が孝明天皇《こうめいてんのう》からたまわった陣羽織《じんばおり》の緋の衣《ころも》の色だ。あの降伏《こうふく》の儀式《ぎしき》のとき主君がふみしめていたあの緋もうせんの色だ。

「血の衣……」

と、りんはつぶやいた。

「おうっ！　そうだ、緋の衣！」

村人の耳には、緋の衣としか聞こえなかった。

聞こえたものもいた。

黒河内《くろこうち》は、ぶるぶるとふるえているりんの手を、しっかりとにぎりしめた。

それからしばらくして、りんは黒河内のお嫁さんになった。

一本だけのこされている古い緋の衣の木がある。

りんごの実がみのるころ、その香《か》をたどってりんは木の洞《うろ》にすべりこむ。

こどもたちが、さわいでいる。

「りんこ、りんこ！」

「りんりん、りんごのりんごっぺ！」

「まっかなほっぺのりんごっぺ！」

子どもたちが、遠くの浜で大声でさけんでいる。

りんのひ孫、凛子《りんこ》がうろのなかにかくれていた。

凛子は、つぶやいた。

「きっと、あいつらだ…」

良介《りょうすけ》もいるのかな。

「りんごやのりんご！」

「りんごやのりんご!　まっかなほっぺのりんごっぺ」

ポットン!

まっかなりんごがひとつ、凛子《りんこ》の手におちてきた。

凛子はりんごを両手でもち、かじりついた。

「かたい…すっぱい…あまい…」

わたしのほっぺ、緋《ひ》の衣《ころも》みたいにまっかになってるかな。

凛子は、洞《うろ》からぴょんと、とびだした。

あとがき

小さな赤いリンゴ「緋の衣」が私のまわりをころがりはじめたのは、平成二十年八月に会津風雅堂で「緋の衣の詩《うた》」（市民参加のてづくり舞台）が演じられたときからでした。そのＤＶＤを見て私は、「北海道さ行がった人がリンゴ作ってらんだよ」という亡き父の言葉を思いだしたのです。私は義妹といっしょに住所も名前も知らないその親戚を探しに余市町へ行きました。

地図をたよりに、まず水産博物館を訪ねました。学芸員の方は親切に明治初期の古い入植者の資料を見せてくださいました。

次に百年前の緋の衣の木があるという吉田観光農園を訪ねました。農園代表の吉田初美氏に「緋の衣」というリンゴの木を見せてもらい、余市の教師だった鈴木章実代先生の「緋の衣と会津藩士、そして余市」の資料をいただきました。

また会津の生家、柳澤家系譜などをひもとき、赤いリンゴは百余年の歳月をへてようやく私の手のなかに落ちてきました。日本でいちばん古いリンゴといわれる「緋の衣」は、固くてすっぱくて遠い昔と今をつないでくれます。

この作品は同人誌「窓」に連載し、語り「りんご緋の衣の話」（会津の食に関する民話）にその一部をつかいました。窓の会の皆様、語り部サークル七つの子の皆様、民話らいぶらりいの皆様の友情に感謝します。挿絵を描いてくださった吉田利昭様、念願の会津での出版を快くひきうけてくださった歴史春秋社様に感謝申し上げます。

平成二十八年　七月

石田　としこ

〔著者紹介〕
石 田 としこ（本名　石田淑子）

福島県会津若松市生まれ
埼玉県蓮田市在住
日本児童文学者協会・児童文化の会・窓の会・語り部サークル七つの子に所属、民話らいぶらりい主宰
『ちこくいっかいかたつむり号』（文研出版)、『魔女見習い通信』（偕成社)、『そばだんご』、『つぶときつねのはしりっこ』、『風の子ふうた』、『やさいとさかなのかずくらべ』（アスラン書房)、『豆つぶころり』（民話らいぶらりい）などの著作品
「楽しいわが家」（全国信用金庫）に民話、随想を掲載中

〔挿絵〕
吉 田 利 昭（よしだ　としあき）

1970年福島県立会津工業高等学校デザイン専攻科卒業
現在、月刊タウン情報誌『会津嶺』編集
『野口英世』（歴史春秋社）挿絵など

りんこのりんご
—緋《ひ》の衣《ころも》のはなし—

2016年7月9日第1刷発行

著　者　石　田　としこ
発行者　阿　部　隆　一
発行所　歴史春秋出版株式会社
〒965-0842
福島県会津若松市門田町中野大道東8-1
TEL　0242-26-6567
HP http://www.knpgateway.co.jp/knp/rekishun/
e-mail　rekishun@knpgateway.co.jp
印刷所　北日本印刷株式会社